Ma grande sœur me commande

Dépôt légal : avril 2004
Loi du 16 juillet 1949 sur les publications destinées à la jeunesse.

C'est la vie Lulu !

Ma grande sœur me commande

Une histoire écrite par Florence Dutruc-Rosset
illustrée par Marylise Morel
couleurs : Christine Couturier

BAYARD POCHE

1

La nouvelle du siècle !

Ce matin, je suis en pleine forme : j'ai un moral d'éléphant et une pêche de ouistiti. J'ai appris hier soir une grande nouvelle : ma sœur va faire une boum à la maison pour ses treize ans ! Après vingt mille heures de discussions, négociations et chantage à la bonne note, mes parents ont enfin accepté. Ça va être tout simplement génial ! Ma mère est d'accord

pour qu'on transforme le garage en discothèque. On installera la chaîne, des tables le long du mur pour mettre les boissons, les gâteaux, sans oublier les méga top bonbons qu'on ira acheter chez madame Patard, la boulangère. On accrochera des spots de lumière de toutes les couleurs pour une ambiance électrique. Vanessa a le droit d'inviter quinze copains. Moi, j'ai l'intention d'inviter Tim et Élodie, mes meilleurs amis, et on dansera comme des fous sur mes tubes préférés jusqu'à l'aube… Enfin, presque, parce que maman a dit que la fête se terminerait à minuit. Quand je pense qu'il y a encore dix jours à attendre ! Je ne sais pas comment je vais faire… Ah, si on pouvait appuyer sur la touche « avance rapide » comme sur un magnétoscope…

En arrivant à l'école, je fonce droit sur Tim et Élodie, et je leur annonce :

– Je vous invite à la première boum de votre vie, samedi dans dix jours, chez moi. Ne me remerciez pas, c'est tout à fait normal !

La tête d'Élodie ! C'est trop drôle !

– Tu fais une BOUM ! s'exclame-t-elle.

Je réponds :

– Bon, ce n'est pas exactement moi qui fais une boum, mais c'est pareil. Ça reste dans la famille. C'est Vaness' ! Elle fête ses treize ans. C'est génial, hein ?

– Ouais, c'est sympa… Mais moi, tu sais, danser avec des filles que je ne connais pas, ce n'est pas vraiment mon truc ! ajoute Tim.

– T'inquiète ! Tu danseras avec nous. On se mettra

dans un petit coin, près des bonbons de préférence, et on s'éclatera tous les trois.

On est super excités ! Du coup, on se prend la main en formant une ronde et on se met à tourner le plus vite possible. Quand la cloche sonne, on a tellement la tête qui tourne qu'on titube en allant se mettre en rang. Les autres nous regardent bizarrement, comme s'ils se demandaient ce qui nous arrive. Eh bien, les amis, nous sommes ivres, ivres de bonheur !

Une fois que tout le monde est installé à sa place, Isabelle, notre maîtresse, nous demande le silence. Comme je suis à côté d'Élodie en classe, je sens que ça va être dur…

On reprend la leçon sur les abeilles qu'on a commencée hier. Isabelle nous raconte comment elles communiquent entre elles. C'est dingue ! Par exemple, quand une abeille éclaireuse veut expliquer à une abeille butineuse où elle a trouvé un beau champ de fleurs, elle danse ! Mais pas n'importe comment : un petit coup de fesses à droite ou à gauche indique avec précision la direction à prendre. Dès que l'abeille éclaireuse a fini d'exécuter sa danse, l'abeille butineuse s'élance en suivant ses indications et se rend au bon endroit sans aucune hésitation. Extraordinaire, non ?

Pendant que la maîtresse écrit au tableau, j'arrache une page de mercredi à mon cahier de textes, je la coupe en deux, et je dessine une abeille en train de danser le hip-hop sur chaque morceau.

« Samedi, longer l'école rue des Bleuets, puis première à gauche, tout droit jusqu'au feu, attention pour traverser, prendre la rue sur la droite, dépasser le rond-point. C'est là, au 24 !

Signé : une éclaireuse qui a le rythme dans la peau. »

Je plie chaque bout de papier en quatre et j'en fais discrètement passer un à Élodie (ça va, ce n'est pas très loin) et un à Tim, trois rangées derrière.

On se regarde tous les trois, morts de rire. Ça promet, pour samedi !

2

Quelle déception !

J'ai une faim de loup. Cette journée d'école m'a littéralement vidangé l'estomac. Vite, le remplir ! Je coupe une grosse tartine de pain, j'étale de la confiture dessus, je me fais un lait-fraise… et à l'attaque !

Vanessa débarque dans la cuisine. Aujourd'hui, nos parents rentrent tard de leur travail, et on reste seules toutes les deux jusqu'à l'heure du dîner.

– Ouah, il a l'air sympa, ton casse-croûte. Fais-moi goûter ! s'écrie-t-elle.

Elle me le prend des mains et mord dedans à pleines dents.

– Hé, arrête ! C'est à moi, tu n'as qu'à t'en faire un ! dis-je.

– Va plutôt t'en faire un toi-même parce que celui-là, il est à moi !

Et elle part en rigolant, comme d'habitude. Vanessa, c'est une vraie peste, elle se croit tout permis parce qu'elle a cinq ans de plus que moi.

Elle revient quelques minutes plus tard, et elle me lance :

– Bon, la mioche, tu débarrasses la table et tu montes faire tes devoirs !

– Hé ho ! Pour qui tu te prends ? Tu n'es pas ma mère, alors tu me laisses tranquille !

– Je ne crois pas, tu vois, parce que maman a dit :

« Vanessa, tu t'occupes de ta sœur jusqu'à ce qu'on rentre. » Donc, c'est moi qui décide. Et tu fais ce que je te dis, un point c'est tout. Non mais, c'est dingue, ces mômes !

J'en ai marre, j'en ai marre, j'en ai marre ! Je voudrais l'écrabouiller, la pulvériser, la neutraliser à jamais. Mais pourquoi mes parents ne m'ont pas faite en premier ?

Toute l'après-midi est un cauchemar : « Lulu, va faire ci ! Lulu, va faire ça ! Touche pas à ci ! Sors de là ! »

Vers vingt heures, j'entends enfin la porte d'entrée s'ouvrir. Je me précipite : c'est maman. Ouf !

– Ne me laisse plus jamais seule avec cette chipie, elle se prend pour la reine du monde, lui dis-je.

– Qu'est-ce qu'il y a encore ? Vous vous êtes disputées, c'est ça ? Écoute, Lulu, je suis fatiguée, j'ai

travaillé toute la journée et je n'ai aucune envie d'écouter vos histoires.

– Jure-moi au moins que tu rentreras plus tôt, le soir.

– Mais je ne peux pas, ma Lulu, répond maman, les gens ne sont pas malades à heures fixes ! Alors, quand on est infirmière, on est obligée de s'adapter. Tu sais bien que je m'efforce d'organiser ma semaine au mieux, mais tu ne peux pas me demander l'impossible. D'ailleurs, je vais être pas mal absente ces prochains jours. Après, ça ira mieux.

Seule avec « Vanessa-la-casse-nougat » encore pendant plusieurs après-midi. Je meurs !

À ce moment-là, Vanessa surgit comme une furie :

– J'espère que tu seras là le samedi de ma fête, au moins ? Tu m'avais

promis de m'aider à tout préparer!

– Mais oui, je serai là, ne t'inquiète pas, lui dit ma mère d'une voix douce, certainement un truc d'infirmière pour calmer les foldingues.

Là, j'enchaîne sur le même ton que maman :

– Mais moi aussi, je serai là, ne t'inquiète pas, et Tim et Élodie aussi.

– QUOI ? hurle Vanessa.

– Ben, oui, dis-je en regardant ma mère, j'ai invité Tim et Élodie.

– Maman, il est hors de question que ces mioches s'incrustent! C'est MA fête! J'invite qui je veux! Et je n'invite certainement pas ma sœur de huit ans et ses débiles de copains. Ma boum, ce n'est pas une crèche!

Je m'attends à ce que ma mère prenne ma défense… mais rien. Elle me regarde d'un air embêté. Oh, non ! Ce n'est pas vrai ! C'est trop injuste ! Je sens que je vais pleurer. Je monte les escaliers en courant et je me jette sur mon lit. C'est la pire journée de ma vie.

Ma mère vient me rejoindre :

– Ma chérie, il faut que tu essaies de comprendre…

– J'en ai marre qu'on me demande de comprendre des choses qui vous arrangent. Tu ne peux pas rester avec moi le soir, Vanessa ne veut pas m'inviter à sa boum. J'ai très bien compris ! Personne ne m'aime… snif… et puis c'est tout !

– Ma Lulu, tu sais bien que je t'aime. Je comprends que c'est dur pour toi, que tu avais très envie d'aller

à cette boum, mais Vanessa veut être avec ses copains, c'est normal.

– Mais… snif… j'ai déjà invité Élodie et Tim, et puis snif… on était tellement contents…

– Je crois que j'ai peut-être une solution. Pourquoi tu n'inviterais pas Tim et Élodie à dormir à la maison le soir de la boum ? Si tu me promets de rester avec eux dans ta chambre et de ne pas embêter les grands…

Je réfléchis. Évidemment, ça ne vaut pas une boum, mais c'est déjà ça…

– Promis ! dis-je en embrassant maman.

En tout cas, j'ai peut-être une sœur abominaborrible, mais j'ai une sacrée chouette maman !

3

Un vrai remue-ménage

C'est le dernier week-end avant la boum. Depuis ce matin, c'est un vrai déménagement ici. La maison est sens dessus dessous. Vanessa se croit la chef de chantier, elle donne des instructions à tout le monde, et surtout à papa, qui est obligé de ranger le garage. Pauvre papa ! Il pousse des soupirs et transpire à grosses gouttes.

La « casse-nougat » ne le lâche pas d'une semelle :

– Tu ne vas pas poser les vélos là, quand même ! On avait dit : plus rien dans le garage ! Alors, les vélos, les caisses à outils, les vieux cartons, les bouteilles de vin et tout et tout, il faut les mettre ailleurs !

Et, avant que papa ne s'énerve, elle va lui faire un énorme bisou. L'hypocrite !

Puis elle va voir maman, qui fait la liste des courses, et lui dit :

– Alors, il faudra des petits gâteaux à apéritif. N'oublie pas les longs au fromage, ils sont drôlement bons… au moins dix bouteilles de soda en tout genre… Ah ! Surtout pense bien aux couverts en plastique, hein !

Et, hop ! un gros bisou baveux pour faire passer tout ça ! Berk, heureusement que j'ai officiellement refusé de l'aider…

Le problème, c'est que tout le monde est très occupé et que je m'ennuie à mourir. Je suis restée un bon bout de temps à observer tout ce remue-ménage, mais maintenant ça ne m'intéresse plus.

Je vais voir mon père :

– Si tu faisais une pause, papa ? On pourrait jouer au Monopoly ?

– Oh non, ma chérie, je n'ai pas le temps aujourd'hui, répond mon père.

– Mais je m'ennuie ! Je ne sais pas quoi faire. Y a rien à faire…

– Tu n'as qu'à lire !

– J'ai déjà lu tous mes livres.

– Alors, va aider Vanessa à préparer sa fête…

– Jamais de la vie ! Elle ne veut même pas m'inviter !

– Bon, alors, tu te débrouilles ! Moi, j'ai du travail !

– Je peux regarder la télé ?

– Non. Tu as mieux à faire un samedi que de t'abrutir devant la télé ! Allez, laisse-moi maintenant !

Je suis dégoûtée ! Il n'y en a toujours que pour les grandes sœurs !

Et si j'allais sonner chez Tim ? Il habite juste à côté de chez moi. Il sera peut-être là ?

Effectivement, c'est Tim qui m'ouvre, l'air très très très énervé. On dirait qu'il a du mal à marcher.

Je regarde ses pieds : ses deux petits frères, les jumeaux, sont accrochés à ses jambes.

Ils tirent sur son pantalon et lui mordent le mollet en rigolant. J'ai à peine le temps de lui dire bonjour qu'il se met à hurler :

– NOOOON !

Tim se précipite pour rattraper Maxime, qui a rejoint la table du salon à la vitesse de la lumière et qui s'apprête à lancer le vase de Chine contre le mur. Tim évite la catastrophe de peu. J'en profite pour lui demander s'il veut jouer avec moi.

– ARRÊÊÊÊTE ! hurle-t-il à Julien, l'autre jumeau, qui s'est discrètement faufilé derrière le canapé pour jouer avec les fils électriques de la télé.

Tim se précipite sur lui et le colle sur le canapé.

– Eh ben ! dis-je. Toi, au moins, tu ne t'ennuies pas !

– J'en ai marre ! J'en ai marre ! J'en ai marre ! Mes parents sont partis faire des courses en me demandant de garder les jumeaux. Mais ils sont insupportables ! s'exclame Tim.

– Moi qui croyais qu'il n'y avait que les grandes

sœurs qui étaient insupportables… Je vois que les petits frères sont pas mal non plus…

– Ne t'inquiète pas, j'ai une idée ! s'exclame Tim.

Il prend les jumeaux, les installe dans leur parc et sort un jeu de sept familles :

– On ne va pas se laisser abattre, quand même !

Super, enfin un truc sympa à faire ! Mais, très vite, je dois me rendre à l'évidence : j'ai la poisse. Je perds lamentablement contre Tim en réussissant avec peine à faire deux familles, et encore, la famille Déblok et la famille Sovkipeu !

Et puis, en rentrant à la maison, je découvre avec horreur que mon père a installé les vélos « provisoirement » dans MA chambre ! Je hais la famille…

4

Au secours, je n'en peux plus !

Ça y est, c'est le jour J : la boum de Vanessa a lieu ce soir ! Je me réveille dans un état bizarre. J'ai fait un cauchemar atroce toute la nuit. J'étais assise à table avec mon père, ma mère et Vanessa, je parlais, et personne ne m'entendait. Je les touchais, et ils ne ressentaient rien. Je me rendais alors compte que j'étais devenue un fantôme ! Sauf que je n'avais pas

toutes les caractéristiques d'un vrai fantôme, parce que, en sortant de la maison, je me faisais écrabouiller par un camion de six tonnes. Horrible !

Je descends au radar prendre mon petit déjeuner, mais je ne peux pas m'installer à la table de la cuisine. Ma mère et ma sœur préparent des canapés au beurre de saumon. Berk, je crois que je vais vomir…

– Bonjour, ma Lulu ! me dit maman. Tu n'as qu'à prendre un bout de pain et te faire un chocolat chaud. Désolé, mais ici, c'est le bazar…

Je trouve une petite place entre l'évier et la plaque électrique. Tout à coup, Vanessa s'écrie :

– Maman, il y a une bouteille de jus d'orange qui s'est cassée dans le sac. La nappe en papier est trempée ! Je suis sûre que c'est Lulu. Elle se met n'importe où avec ses tartines !

Ah, non ! Trop, c'est trop ! Je me mets à hurler :

– N'importe quoi ! Je viens d'arriver. Et puis d'abord, c'est toujours de ma faute. Lulu a fait ci, Lulu a fait ça. J'en ai marre, moi ! En plus, je m'en fiche complètement de cette bouteille, de cette nappe et de toute cette fête trop nulle !

Vanessa court vers moi, folle de rage, prête à m'aplatir le nez, mais heureusement ma mère l'arrête aussi sec :

– Vous n'allez pas recommencer à vous chamailler ! Avec cette histoire de boum, tout le monde est sur les nerfs. On va essayer de se calmer.

Mon père débarque à ce moment-là et dit :

– Maman a raison. Prenons les choses du bon côté. Après tout, le but, c'est de faire la fête, pas de disputer un match de boxe. Allez, Lulu, viens avec moi, je t'emmène au supermarché. On va sauver la situation !

– Super, je m'habille et j'arrive !

J'adore faire des courses avec mon père. Il a toujours de bonnes idées pour s'amuser. Cette fois, je suis « le capitaine Lulu » et lui, c'est « le colonel Papa ».

– Capitaine Lulu, lance-t-il, votre mission est de la plus grande importance. Vous devez rapporter dans les plus brefs délais une nappe en papier, de couleur blanche, taille 2 mètres sur 1,50. Exécution !

– À vos ordres, colonel !

Et me voilà partie dans le rayon « Articles de maison ». Vite, je repère les nappes… les tailles… 2 mètres sur 1,50 c'est ça ! Mission accomplie !

– Capitaine Lulu, je vous félicite ! dit mon colonel. Votre nouvelle mission : trouver un bouquet de fleurs pour Mme Bizet, chez qui nous allons dîner ce soir, ma femme et moi-même. Petites recommandations de Mme la colonelle : un joli bouquet dans les tons orangés. Vous avez 2 minutes 30 secondes. Exécution !

Je fonce vers les fleurs. Mince, il y a un sacré choix! Déjà quarante secondes sont passées… Aïe, aïe, aïe ! Le mieux, c'est de demander au fleuriste. Il me propose un bouquet orange et jaune à 18 euros. Vendu ! Je repars au triple galop. Le colonel m'attend en regardant sa montre :

– Deux minutes et vingt-neuf secondes ! Bravo, capitaine ! Pour vous récompenser de vos bons services, je vous autorise à choisir un magazine…

Je me jette dans ses bras :

– Ouaaaaiiis ! Merci, colonel !

Je ne sais pas si c'est bien réglementaire, mais je suis trop contente.

Une fois rentrés à la maison, papa et moi allons voir le garage. Ouah ! Il est méconnaissable. Les spots de lumière clignotent, les tables débordent de choses appétissantes. Vanessa a accroché des posters de ses chanteurs préférés sur les murs et des guirlandes rigolotes au plafond. Qu'est-ce que c'est beau ! Là, j'ai comme un petit pincement au cœur. J'aurais tellement aimé y participer, à cette boum… C'est sûr, elle va être super !

5

Une fête d'enfer

Tout s'annonce plutôt bien. Tim et Élodie sont là, prêts à se cacher dans ma chambre à la première apparition d'un invité. Vanessa a enfin libéré la salle de bains. Elle a mis deux heures et demie à se préparer. Elle a vidé toute son armoire, toute la trousse de maquillage de maman, sorti tous ses nœuds-nœuds pour les cheveux et toutes ses chaussures. Sa

chambre est un vrai champ de bataille ! Maintenant, elle se prend pour la plus belle fille du monde. La vérité, c'est qu'elle est tout simplement ridicule !

Les parents partent dîner chez M. et Mme Bizet et nous font leurs dernières recommandations :

– Les enfants, on vous laisse. Si jamais il y a le moindre problème, surtout appelez-nous. On sera là en cinq minutes. Tu entends, Vanessa ? Et toi aussi, Lulu ?

– Les mioches, vous avez intérêt à vous tenir à carreau ! s'exclame ma sœur.

Pff… Je ne relève même plus.

Tim, Élodie et moi surveillons discrètement les arrivées. Les uns après les autres, les invités déposent leur manteau dans le salon, puis vont dans le garage. Quand tout le monde est là, on décide d'aller voir de plus près. Par chance, Vanessa n'a pas complètement

fermé la porte du garage. La musique est à fond ! Super, c'est le disque des Love Cats ! On regarde à l'intérieur incognito, comme des espions professionnels. Et là, qu'est-ce qu'on voit ? Les garçons sont d'un côté, les filles de l'autre. Personne ne danse. Ils boivent tous un verre de soda pour se donner l'air d'être occupés. Lamentable !

– Ce n'était pas la peine de faire toute une histoire pour ça ! lance Tim.

– Ils ne sont vraiment pas drôles, les grands ! ajoute Élodie.

– Bon, tant pis ! On abandonne l'espionnage. Venez, on va s'amuser en haut ! dis-je.

La musique est tellement forte qu'on l'entend dans toute la maison. On ne peut pas s'empêcher de se trémousser dans les escaliers. On adore les Love Cats ! Ça me donne une idée…

Je vais chercher dans le grenier le carton plein de vieux vêtements de mes parents. Ce n'est pas grave, on remettra tout après. Il y a des merveilles !

Tim prend une vieille cravate rouge pétard de mon

père et se la noue en bandeau autour du front. Élodie met une jupe multicolore, qu'elle remonte sous les bras, et s'enfonce un grand chapeau sur la tête. Moi, je me fabrique une robe avec des foulards et je prends la grosse ceinture de rocker de papa pour faire tenir tout ça. Je mets les lunettes « yeux de mouche » de maman et ses vieilles chaussures à talons vert fluorescent. On dirait de vraies stars !

Il ne nous reste plus qu'à inventer des paroles d'enfer. On cogite tous ensemble puis on se met à chanter :

«Avec nous,
ça déménage,
On n'est pas sages
comme des images,
On est des rebelles sensationnels,
Avec nous, c'est mortel!»

On est tellement excités qu'on se balade dans toute la maison en chantant notre chanson. Tout à coup, on aperçoit un attroupement dans le salon.

Les invités de Vanessa nous regardent en hurlant de rire. Un garçon vient se joindre à nous, suivi par une dizaine de copains de ma sœur. À nous tous, nous formons une grande chenille délirante. Je vois Vanessa qui me lance des regards noirs. Elle est furieuse. Et puis un garçon la prend par le bras et l'entraîne avec lui dans la chenille.

Aussitôt, elle se met à rigoler, à rigoler... Elle en fait même carrément trop. Je me demande si elle n'est pas un peu amoureuse de lui...

Enfin, bref, quand les parents sont rentrés à minuit, ils nous ont tous trouvés dans le garage en train de danser comme des fous. Tim, Élodie et moi, on était au milieu, encore plus déchaînés que les autres. On faisait des trucs de cascadeurs, habillés avec de drôles de vêtements qui devaient leur rappeler vaguement quelque chose... Ils n'ont rien compris, surtout quand Vanessa, juste avant d'aller se coucher, a dit en me faisant un clin d'œil :

– Finalement, les mioches, ce n'est pas si nul que ça !

ET TOI,

as-tu une grande sœur ou un grand frère qui te commande ?

Ce n'est pas toujours facile d'avoir une grande sœur ou un grand frère !

Les grands en profitent souvent pour jouer les chefs et tout organiser comme ils l'entendent. Alors, ils donnent des ordres aux plus jeunes et les obligent à faire ceci ou cela. Et il est souvent impossible d'échapper à leur loi, car ils sont bien plus forts !

En fait, les frères et les sœurs ont tendance à se venger de ce qu'ils subissent eux-mêmes. Car les grands rencontrent toujours de plus grands qu'eux. Ils reçoivent des ordres des enfants plus âgés à l'école, des professeurs, et bien sûr des parents. Eux aussi, ils en ont assez. Alors, **quand ils ont affaire à un plus petit qu'eux, ils se défoulent** ! Toi aussi, quand tu es avec un petit de la maternelle, tu as envie de lui dire ce qu'il faut faire, non ?

Et puis c'est difficile pour un aîné d'accepter l'arrivée d'un petit frère ou d'une petite sœur. Il a été le seul enfant ou le plus jeune de la famille un certain temps, et tout à coup il a dû partager l'amour de ses parents. D'autant que les parents s'occupent beaucoup du plus jeune car il a encore plein de choses à apprendre. Forcément, cela rend un peu jaloux…

Parfois, les plus jeunes croient que les grands sont meilleurs qu'eux : plus intelligents, plus courageux... C'est faux ! **Les grands ont tout simplement vécu quelques années de plus**. Ils ont eu le temps d'apprendre plus de choses. Mais quand ils avaient ton âge, ils n'étaient pas plus courageux ni plus intelligents que toi. Ils étaient comme tous les copains ou les copines de ton âge.

Ce qui fait enrager les plus jeunes, c'est que jamais ils ne réussiront à « rattraper » leur grand frère ou leur grande sœur. Il y aura toujours entre eux le même nombre d'années de différence. **Heureusement, en grandissant, les relations évoluent**. La différence d'âge se voit beaucoup moins. Et, une fois adultes, les frères et sœurs ont appris à s'aimer, à s'entendre et à se respecter.

En attendant, **ce n'est pas parce qu'un grand est le plus fort qu'il a le droit de donner des ordres** et d'obliger un enfant plus petit à faire ce qu'il veut. Il ne doit pas user de son pouvoir. Au contraire, il doit apprendre à le respecter : respecter ses envies, ses goûts, son rythme...

> Alors, comment se faire respecter par sa grande sœur ou son grand frère ?

• Essaie le plus souvent possible de régler tes problèmes directement

avec ta grande sœur ou ton grand frère, sans faire intervenir tes parents à la moindre occasion. Comme tu es plus jeune, tes parents prendront peut-être ta défense, mais ça ne fera que monter encore plus ton aîné contre toi. Évidemment, si la situation est grave ou s'il (ou elle) te frappe, il faut en parler à tes parents.

• Parles-en avec ta grande sœur ou ton grand frère.

Demande-lui ce qui ne lui plaît pas, ce qui l'énerve… Il (ou elle) aura certainement des reproches à te faire lui (elle) aussi. Écoute-les. Il suffit parfois de discuter pour que les problèmes s'arrangent.

• *Essayez de trouver ensemble des solutions*

pour que ça change. Vous pouvez par exemple faire une liste de ce que chacun peut arranger pour que votre vie se passe mieux.

• *Pour être respecté, il faut d'abord respecter les autres.*

Laisse à ta grande sœur ou à ton grand frère la possibilité de faire des choses de son âge. Tu ne peux pas tout faire comme lui (ou elle) même si tu en as très envie ! Respecte les choses qui lui appartiennent, ses petits secrets avec ses copains, son intimité dans sa chambre… Il (ou elle) se mêlera moins de tes affaires !

• ***Propose***

à ta grande sœur ou à ton grand frère des idées de choses à faire ensemble : une surprise à vos parents, un spectacle à jouer, une sortie amusante…

Et n'oublie pas que, malgré les petits soucis de la vie quotidienne, les frères et sœurs sont souvent les meilleurs amis du monde !

Un grand merci à Christine Arbisio, psychanalyste et maître de conférence en psychologie à l'Université Paris XIII, pour sa relecture attentive.

Autre titre paru :
Je déteste être timide

Achevé d'imprimer en mars 2004 par OBERTHUR Graghique
35000 RENNES – N° Impression : 5716
Imprimé en France